新・世界現代詩文庫 18

李郷義詩集

安否だけうかがいます

안부만 묻습니다

Lee Hyang Ah

権 宅明
Kwon Taekmyung
訳

佐川亜紀
Sagawa Aki
監修

土曜美術社出版販売

著者近影

新・世界現代詩文庫　18　李鄉莪詩集　目次

詩集『安否だけうかがいます』

第一部　恋々

第二部　誰かが私を尋ねているみたい

第三部　家に帰る

解説

＊この詩集に付けられた注はすべて訳者による訳注である。

李鄉莪詩集

安否だけうかがいます

第一部　恋々

手紙

真夜中にこの手紙を書きます
うっそうとした樹々が鳴くように
深く大きなみそかの夜に

積もりに積もった私の願いは
すぐさま染まった血色のハンカチ

この便りを伝えます

今夜ある家の醤油甕や味噌甕を置く庭の高台*のそばでは
一粒のとてもかわいらしい鳳仙花の種が実っているのに
すべて分かると言っても何も知らないあなた

このような夜には私もぼろの衣を着替えて

日当たりのよい地の香り漂う樹木として
咲き出したいのです

そのわけを伝えます

＊　醤油甕や味噌甕などの置き場としての高台で庭の日当たりのよい片隅に設ける。普通そのそばには数種類の花の咲く植物が植えられることが多い。

茶碗

待っているね　今
故郷の家の土塀に寄りかかった日差し
きらめく束ね髪のむこうのその静けさを

ああ　リンゴの花がみずみずしい私たちの
手指の先
いじらしく待っている
野原の真ん中に
電流のように誰かが
茶碗を置いていったね

雌鹿の目の輝きが溜まった
とても小さなひとやすみの空を
懐かしい土塀の焼けつくような日差しを

リンゴの花の咲く
私たちの間に

安否

きみも知っているだろう
「鉄兜」という人
群山《クンサン》＊1の人なら誰もが知っているはずさ
ヘマン洞＊2のトンネルの外　少し生臭い船の汽笛に
西瓜ほどの頭を支えて
雨の降る埠頭で軍歌を歌っていた
その独り者

かなり老いたそうだね
錦の道を踏むように　イエスのように
海を踏みたがりながら
つつがなく四十歳を越えたそうだね
小学校の裏塀の下は
我らの王宮

「おい　鉄兜　気違い！　暴れ者！」
ちびたちは唾を吐きながら
つぶてを打ち
そうしたら鉄兜は
「あっち行け！　お前たち気が狂ったのか？　気違いか？」

ああ！　彼の絶叫が
虚しい風のようにぐるぐる回っていた緑の空
まことに美しかった緑の空には
飛行機が何台か飛んでいたのさ
私より
先に死んでしまうだろうね
彼は

棗の木の小枝に樹液が滲みるように
のろのろした我が愛は伝えるすべがなく

私たちは願いの通り大人になり
私たちのちびたちは路地で
泥まみれで育っているね

私の備忘録のあの秘密の部分で
鉄兜がやりきれなくも老いていくんだね

＊1　地名。韓国全羅北道群山市。
＊2　群山の町名。洞は日本の町に当たる行政区域。

表札

我が家の表札は小さくみすぼらしい
人目には取るに足らない私たちの幸せの大きさ
夫の意地が私の従順を呼んで
そこに口笛を吹きながら掛かっている
「この次は大理石の柱にきみの名前を一緒に刻もう」
彼が数年前かに言ってた
門の外はかなり冷えて
時折風の通っていく音も聞こえた
私は笑った
もう中年にさしかかった彼の顔は見ないでそっと笑った
もう中年にさしかかった
私の笑う顔を見て
彼がどんな顔をしたのか　私は見ることができなかった

同行

川よ
目の見えない私を連れてどこかへちょっと行こう
身震いする若さ　うら寂しい韻律の上に
私を浮かべて
髪の毛に辿りついてささやく日差し
細く長い涙と
愁いの香りを
連れて一緒に行こう

逃げていく時間の矢先に当たって
衰えた筋力から何十分のいくつ
ひそかに整えていた静かな生気で
咲き出そう

川よ流れよう
天地に満ちている我が命を片づけて
もっとものどかな流れの曲がり角のひと調べとして
生き残ろう

ほんとうに行こう
野原にでも海にでも
目の見えない私を連れてどこかへちょっと行こう

花札

寝つけない夜　母の部屋に行ってみると
母が一人で占いの花札をいじっている
十二枚を伏せておき
その上に裏返し
点数の高いものから順番に並べる
たったそれだけだ
母の花札といったら

寂しい白髪に分け目を入れ
霧の立ちこめた肩に流れ落ち
寂しさの上に降り注がれる五色の花札の札

二月の梅に鶯よ情人に出会ってつるべの運命*
八月のすすきの雁の月光にさらされて

十月の紅葉に憂いに満ちた子鹿よ
重々しい夜　灯りを点した母の部屋には
母のいじる花札の札の音
ひそかにその歳月が水に染み入る音

＊　昔から女性（妻）の運命はその出会う男性（夫）によって決まるという意味の韓国の諺。

種の中には

種の中には双葉があります
双葉の中には一つの生涯が足を伸ばす日差しがあります
日差しの中には無心の川
川の中には物語があります
物語の中には悲しくきれいな色があります
色の中にはゆっくりした粘り強い夢があります
夢の中には涙が　涙の中には塩があります
塩の中には　塩の中には
しびれる生があります

私がつまびく九十九の玄琴*
どれを鳴らしても私は痛みます

捨てた石ころ一つ

流れる歳月の中に見失った風の一かけらも
風浪になり　反乱になって私を解きほぐします
種の握りしめている貞節は
私の風土に落ちて根を張ります
羽になります　旗になります　信仰になります
不屈の生になって再び
種を産み出します

＊　琴に似た弦楽器の一つ。高句麗の時代から演奏され始めたと言われる。

見知らぬ道の露店で

見知らぬ道の露店で壺を買いました
ころがっていく地のひもじい壺のなか
流れながら止まったわずかな日差し
道を失った歌とともにおまけに
捨て値で買い取りました
ぺちゃんこになったその声を艶の出るように磨いて
逃れていった言葉と言葉を一株一株摑んで
思いも寄らなかったんです
見知らぬ道　そこから帰ってくるまで
きっと私に
帰ってくるまで

目を開ける練習

暗闇の中で目を開けていたことがあったでしょう
我が若き日の視力の中へ一千斤の重さで
誘惑と覚悟と解脱
私を揺さぶるのよ　眩しいのよ

暗闇の中で目を開けているためには
明るさの中で目が見えなくなっていることより
痛いのよ　悲しいのよ
私の空腹は暗闇に打ち抜かれて虚空に浮かぶのよ
干した魚のように編まれて蒼空を行くのよ
目を開ける練習

暗闇を押し出さないで引き寄せる練習
死に打ち勝つ練習

全力で生きる練習

暗闇の中で目を開けているなら
わけなく分かるようになるのよ
苦しい鎖が一つずつ崩れて
ついには私も
一つのおっとりとした暗闇に放たれることを

後悔

雨の降る日　市場の道に散らばる
幾株かの唐辛子やナスの苗を拾った
私は下手なガーデニングの腕前で
芝を摘み取り　かれらを植えた
売りにいくある人の手から逃れて
よりによって私の目に留まった縁
あるいは　かれらを捨てた者から
私の手に納められるまでの縁
それらの宿命が申し訳ない
やっと私の庭に来るために種から
かれらが耐え忍んだその長い経歴を考えてみなさい
私は時々後悔しながらかれらを見る

今夏実るはずのいくつかの濃い紫色のナス

ルビー色のいくつかの唐辛子が熟する晩秋まで
私は女王のように心配などないはずだが
時々後悔しながらかれらを見る

寝返りしながら

寝返るたびに背中が冷たい
背く者より私は
寒い
遥かに遠い地層の梯子の下に
遥かなる絶望
この下降

寝返るたびにいつも
新しく出会う見慣れぬ暗闇の
さっき捨てた暗闇より
どっしりとした手
夜通し寝返りを打っても　ついには
一寸の外へも逃げられないのに
私は果てしなく　果てしなく

寝返る

悲しい
頭のてっぺんから踵まで
震える辱《はずかし》めに耐える刃を立てて
明朝　ひとつかみで朽ち落ちる
後悔としてでも残るだろうか
とまどいながら誓うように
寝返りをする

食卓

私の育った港町西海の海水を汲み上げて
私の作った料理は
少しずつ塩辛い

気付かぬうちに　もしかしたら　もしかしたらもっと沸いて
血も涙も他人よりもっと塩辛いだろう

初の日照に殺気立った唐辛子
私の作った料理は
少しずつ辛い
鋭く言い放つ私の悲鳴
のっぺりとした息遣いの中に
湧き上がる気運
中の熱気である

釜の蓋を開ける時には
アラジンの魔法のランプ
いつもご飯は水気が多くおこげ湯は苦い

大人も子供も席に座り
遠い山を仰ぐように懐かしく車座になって
汗を流してこの固い料理を噛もう
私は　あなたたちの珊瑚宝石のような口を開けて
今日もやっと
痛く固い味でも薄く切って食べさせる

恋々

私はたとえ一日三食
ご飯を食べて生きても
私の望みは鳥になること
私の信じるのは
あなたとの約束
ある日だしぬけに私を呼んでも
その声を聞けなくて
耳が遠くなっていたらどうしましょう
どうしましょう

そのほかの心配はありません
心配ありません

花

花　と声を出すまで
私は数多い言葉をどもりました
花　と声を出した後
私は他の言葉をすっかり忘れてしまいました
花　という言葉が毒針のように
耳に届いて刺される意味が分かるでしょう

きれいな血で　それとも目まいのする煙で
花よ　口のきけない人よ
あるものすべてはたいて吹き飛ばし
泣き叫ぶ声もなく
両手をあがきながら帰ってきたものよ

私の画帳には花だけ残りました

羽のついた鳥たちはとっくに飛び去り
四つ足のついた獣は歩いていきました
束ねられてくみしやすい花
宇宙にいっぱい花だけ残りました

喉彦の下にいつまでも朽ち落ちる
すすり泣きのような　風音のような
言葉少ない祈りだけ残りました

毒

青い水深の鏡の前で
かぐわしい誘惑の
油を塗る
私の顔は蛍光の色
うら悲しい灯
その心乱れる毒の中に私は閉じ込められる

薬缶に沸く幾口の救い
そこに私の味覚を寝付かせる毒を混ぜる
美しく寂しい世の中が見たくて
私はいつも毒のある方向へ腰を曲げる
いのちを少しずつ取り外し与えても
ほぼ全部を取り外して与えながらも

愛よ
私を見る目よ
あなたがその中でもっとも酷くて
酷い
それを中に抱えて育てていくために
私の胆嚢はすっかりただれて
今ぼろ布のような傷跡だらけだ

草花

どこで見ただろうか
見慣れた顔

出産した女のような
秋の野原に
半日　日をしばりつけて
立ち寄っていくようにする
きみ

天地の見分けもできなかったその時
刃で切れたよう　別れのあいさつをするように
背を向けた時
私の足の甲を濡らす涙を
ぬぐった人

山川を流離っていた
塩田に横たわっていた
物心がつけば分かるという言葉
信じなかった

暮れに帰ってくる疲れた足の下
昔も今も
待っている人

めちゃくちゃな麦の殻
私のような者を
金色の夕焼けの冠を被って
眺めている人

遠い山の裾を引き覆い
とんとんと軽くたたきながら

忘れたのでしょうか
忘れたのでしょう
夢を夢見るように　という人

春宵

花が咲く

私たちも花咲こう
私たちも花咲こう
熱気でわくわくする村人たち
一睡もせずに力を合わせる
長い長い
春

年頃になった裏庭にアンズの木は
おしろいの香りの漂う膝で
おしろいの香りの漂う膝で
凍えていた窓ごとに灯をつけてゆく
小さく鳴く声

花が咲く

花が咲く
死ぬことのように　生きることのように
口で言うのは容易いけど
花の咲くのがそもそもあたりまえのことなんだろうか

春の宵
花が咲く

納屋を建てながら

納屋をもう一軒建てなきゃ
捨てるにはもったいない空の瓶　眩しい色彩のあの一回用の包装紙のために　彼らの絶望を慰める人知れない遊び場を造らなきゃ
その日暮らしの日刊新聞紙　三百六十五日声を張り上げていた大活字の安息のために　流行に後れた歌と忘れかけていく栄光のために家を建てなきゃ
習慣で耐えている古い暮らし　中身だけ一つずつ抜いて食べ　腐るべきものは腐って水になり　いくらかは堆肥として染み込み　いくらかは精気として漂う
腑抜けの殻で街はがたがたする　風が吹けば空がつまらない流言で暗い　そっと目を閉じれば少しずつ抜け出していく音　未だに抜け出していく音にうなされる
捨てたくない思い出
縁がないと言って離れていった人　抱えて死ぬ秘密のために　押し出される古典のために復活を夢見る家を建てる
乾いた灯心の先に息だけ吹けば火がつきそうなまだ丈夫な精神のために　結局は私たちの隠遁のために潜伏のために

納屋と呼ばれてしまうはずの虚無の宮殿を建てる
殻をもう一間広げる

シラヤマギク採り

山道を歩いた
腰には低い山竹の森を抱えて
足元には秋中春中落ちた落葉をかさかささせながら
休みのかたわら歩き　歩きのかたわら休み山道を歩いた

この世の果てを行くように山道を歩きながら
時々私は空の星のような地上の草葉を捜し出そうと決心した
それはかぐわしいシラヤマギクの葉っぱ
なびくシラヤマギクの葉っぱは私の課業
一瞬の閃光　恵み溢れる啓示よ

これがシラヤマギクなのよ　確かにこれはシラヤマギクでしょうか
私はそうらしい草葉を採って通り過ぎる登山客に尋ねた
ある人は「あ　そうです　まさにこれがシラヤマギクです」と喜んだ

ある人は「これはシラヤマギクではなく不老草です」と驚き
ある人は「これを食べたら眠るように死ぬ毒草です」と恐れた

私が捜すのは不老草ではない
私が捜すのは毒草でもない
私が捜すのはただの山菜であるだけ

私は時々希望　時々絶望を順番に感じながら
真理とは何か　邪教とは何かと問いあがいた
時間は流れた　日はすでに中天に上り
すべての山草の上の露を取り払った
日は上りあらゆる山の森の閑寂を取り払い
日は上り山の栄光を現した
私は突然山道を歩くのが誇らしくなった
私は幸せだった
「シラヤマギクをお採りですね　あそこ尾根の平たいところに山になっていましたよ」
「シラヤマギクをお採りですね　小川の丘にあふれていましたよ」

人々は秘密の場所を教えてくれるように私にこっそり囁いた
あがきながら走っていった尾根にも小川の丘にも山ほど群れになって乱れたシラヤマギクはなかった
シラヤマギクをお採りですね
私もはやく採ったらよかったのに　もう時間が遅くなりました
とても結構なことをなさいます
この世の人たち半分が私のシラヤマギク採りに心を注いでくれるようだった
道行く人たちはチュィ[*1]のつく山菜の香りを愛するように私を愛した　世は無情だとの話は嘘だった
時間はしきりに流れ　山中についているチュィのつく山菜の香りを私はしだいに覚っていた

チャ　チャ　チョ　チョ　チョ　チョ　チユ　チユ　ツ　チ　チユイ　チユイ　チユイ[*2]
一日中九九を覚えるようにチュィを覚えながら山道を越えた
私の器にはわずか数束のシラヤマギクが孤独にとても孤独に萎れていき
日はすでにだんだん暮れていた
人生は体を屈めてシラヤマギクを採ること
私はまるでシラヤマギクを採るために山道を歩くことのように　世の中で起こるすべてのことを思いこんでいた

チャ　チャ　チョ　チョ　チョ　チョ　チュ　チュ　ツ　チ　チュイ　チュイ　チュイ

人生は体を屈めてシラヤマギクを採ること

＊1　シラヤマギクは韓国語でチュィナムル（チュィの菜）と呼ぶ。チュィのつく山菜が多いのでここでは頭文字のチュィだけ取っている。

＊2　日本語で表記できないハングル文字があるので、日本語にしたら同じ綴りになるが、ハングルではチのつく短母音や複母音となり、綴りが異なる。この詩行のハングル表記は차챠처쳐초쵸추츄츠치취취취のようになっている。

朝には露が

朝には露が
夕には霧が
私もこれぐらいなら
十分です

日差しは優しく
鳥たちは囀りたて
私もこれぐらいなら
華麗です

たまたま盲目になった風
平地を遮り
空っぽの野原を横切っていった
あなたの土まみれの履物

いつの間にか戻ってきて
立ち止まります

我が胸のちょうど真ん中で
立ち止まります

夕方の山

夕方の山が病んでいるのを
知らないところだったね

長い長い真昼の空
支え上げていた竿
夕方になると疲れて
ふらつくのを

血が染み出しそうだね
いらだたしいほどの夕焼け
夕方の山を仰いで焼き上がり
焼き上がる夕焼けの顎の下で
夕方の山が病んでいるのを
知らずにいるところだったね

歩いて一日　頑丈な百里
自分の影を取り上げる
夕方の山の足どりを
一日分の夕闇
いくつかの村の慰め
出て行った鳥たちを呼び集める
夕方の山の嗄れた声を

山が夕方に病んでいるのを知らないところだったね
山が夕方に老いるのを知らないところだったね

あなたの笛

私を
あなたの笛にしてください

こびりついた憂いを解いて
山を越えて送り出し
怒りは抑えて
だんだんなくなるようにしてください

あなたを愛する
私の誇りだけ
春草のように　春草のように
起こしてください

私を

あなたの笛になるようにしてください
胸は空にして花影にもなり
待っている歌で波打つようにしてください

あなたに答える
澄んだ玉の笛
はい　はい　答える
おとなしい玉の笛

私を
あなたの笛にしてください

耳を澄ませてください

一日を無事に
渡りました

解けないもつれは
枕にして寝ます

今夜夢の中を照らす
炎のような目

明日の朝立ち昇る日よ
私に耳を澄ませてください

第二部　誰かが私を尋ねているみたい

我が胸の静けさ

あなたを眺める
我が胸の静けさからは
低いオルガンの音がする

落葉は四季
美しい知らせの
葉書のように落ち

その足跡ごとに祈りが沁みるだろう
忘れられていく歌で沈むだろう
一緒にいく川の悠々たることよ
一緒にいく日差しの眩しさよ

あなたを思う

我が胸の静けさは
アンズの花びらが舞い落ちる
四月の薫風のようだ

地上にこのような恵み
二度とないだろう

涙溢れるばかりにあなたを見る
我が胸の静けさ

川を渡る時　私は

川を渡る時　私は疑わしい
捨ててきた過去と求めていく未来について
一つの世界とのもろくてよくある別れ
新しい世界との胸のわくわくする握手について

軋む橋の上で　揺れる船端で　別れる風の宙の中で　この果てからあの果てまで伸びる愛
私はなぜ川まで渡りながら生きよう生きようとばかり必死になっているのか分からない

川を渡る時　私は　川がさっきまでなじんだこの世の路地ではないことを
川を渡る時　私は　川がむしろあの世に近い惑わしの森であることを痛いほど悟る

川を渡る時　私は一粒の露のような自由　九十九の痛ましい縁の鎖を断ち切って天の下で独りでいく流れ者であることが分かる

川の堤を離れる時感じた悲しみより川の堤の辿り着くべき悲しみが数倍も大きいだろうとぼんやり
分かる

ソドムの女

私はどうしようもないソドムの女
水を汲んでご飯を炊き
子供を抱えて育む

私は愚かなソドムの女
うわべだけの愛にも
心をなげうって尽くし
乾いた地の土ぼこりに
枯れ葉のように泣く

濡れた履物を曳いていく
見慣れた路地
いのちよ
いのちよ

逆立ちする

夕方の川辺に立って

夕方の川辺に立ったら
誰かに全身で礼拝したい
告別の一日の太陽を胸に埋めて
いのちがけで誰かを愛したい

停泊した船たちが破れた帆を繕って
伝説の海の珊瑚島を夢見る時

寂しい　夕方の川辺に立ったら
夕焼けは
目まいするほどの下血で波を覆い
振り返ってみる記憶と記憶は花畑よりきれい

夕方の川辺に立ったら

空の下の一人の名前を覚えて
「永遠に」と誓いたい

川は臨月の女のように苦しい息をしている
私は明日の朝　新芽のように蘇りたい
聖殿のように沈んだ
夕方の川辺に立ったら

呼んでみようかな

呼んでみようかな
両耳は塞ぎ
日の傾く野原で
声を張り上げて泣いてみようかな

殻竿打ちで飛び散らされる
枯れ草もほこりも
私も一度思い切って
思いを寄せてみようかな

心苦しく隠しておいた言葉
死んだように束ねて
元どおりに埋めようかな
解いてみようかな

数文字の便り

お元気ですか
冬は長たらしい寂しさですね
獣の子のように身をすくめて
どうにかこうにか夢見る間に生きていきます

土の表面を押し上げるヨモギの葉を抱えた
遠い野原を追っていきながら黙禱もし
ステンレスの刃のようにぴんぴんしている川に
再び胸をすすぐ考えも固めながら
ニンニクの種を埋めておいた日当たりのよい畑付近に
雨水*の節気に近くざわめく空が
オンドル部屋の温かいところのかけ布団のように敷かれていて

魔法の笛を真似する風音に

分かりそうな懐メロもついて歌っていると
乱筆草草のこの便り
伝えたいですね
私は待っているのに何の変わりもないと
久し振りに数文字の便りを書きたいですね

＊　二十四節気の一つで、立春と啓蟄の間にある。この頃には日差しがよくなり、雪や氷が溶けて、その時まで降っていた雪ではなく雨が降るようになる。

向日葵

向日葵は花ではありません
花になろうとしてなれなかった魂たちが
息遣いにも消え失せそうな軟らかいものたちが
骨髄に徹する恨みを固めに固めて
あのように気をつけて立っているのです

爪立ちで羽ばたいても地は低いのですね
声いっぱい天に橋を架け
旗のように髪を解いて立っているのです

陽は長くて長い日　金色の糸をよって
心臓の上　一目一目針を刺し
花色より悲しい血を先に注ぎ出しながら
あのように花のごとくまねているのです

世の花たちはみな死んで
向日葵になるのが願いです

誰かが私を尋ねているみたい

誰かが
のどを整えて
私の名前一つ
凜とした声で呼んでいるみたい

ポプラの風に首を吊るして
そのまま行くな
そのまま行くな
白っぽくこなごなに砕ける
わずかに残った日光

誰かが私を尋ねているみたい
冬の海　動く島のように浮かび
夕方の波止場の灯りを眺めたら

つまらない言葉が思い出されて
うろつくようになるみたい
川辺に倒れた葦の森を折って
しみる煙を散らして火をつけ
私　ここに生きていたのよ　いのちの烽火
野原にひとしきり遺書のように燃えようかな

誰かが私を尋ねているみたい
さまようみたい
崩れた土塀を積み上げ障子紙も張るために
私　今急いで帰っていくべきかな

ケマンチョの花[*1]　七月

七月　野原にはケマンチョが咲く

ケサルグ[*2]
ケクム[*3]と
ケトック[*4]と
ケパン[*5]

〈ケ〉の文字で始まる虚しく虚しいものの中で
〈ケ〉の文字で始まる悲しい野生の
草花もあります
〃ケマンチョ〃と言う

三伏の酷暑の空の下　どこからでも
捨てられた空地のがらくたの地に

ケマンチョの花　大勢で咲き出している
私も花　私も花
忘れないで欲しいと
一、二年の永遠を生きる草の実を結んでいる

ケマンチョの散っている野原の果てでは
地平線が低く低く
揺れているだろう

＊1　ヒメジョオンの韓国語名。韓国語で〈ケ〉は犬のことで、一部名詞の前について、いかさまの、にせの、うその、質のよくない、野生の、という意味を表している。
＊2　野生アンズ。
＊3　とりとめのない夢。
＊4　粗末な餅。
＊5　でたらめ。

遺書を書いていた夜

私にも遺書を書いていた夜があったね
前途洋々たる若い時
闇は宮城のように聖く
静寂は干潟地のようにべとべとしていたのね

私は生涯の最後の夜を
抱きしめながら
ツユクサの花のようにきれいな
私の星を仰いだのね

私の遺書はむしろ
美しい恋文
この世をいのちがけで愛したのね
全身が崩れる告白だったね

敷石の上に脱いでおいた
この世の履物の上に
月光いっぱいすすり泣いていた私の初恋
遺書を書いていた夜の危うかった夢
我が生涯もっとも寒い夜だったね

夏の山を眺めていたら

夏の山を眺めていたら
死ぬことが
全然恐くない
死ぬことは
豪奢なあの山の裾を枕にして横たわること
渇きに泣き出しそうになっていた市場の町並み通り
両足首を引っ張る泥沼を通って
煙のように煙道石*から抜け出すこと
煙のように長く垂らした髪を散らして
口のきけないあの野原を見下ろすこと
フィンチ　忘れ草　ふわりふわりの雲
初めて私も
無我の一間の東屋を建てること
遠く夏の山

高邁な視線を追っていくなら
死ぬことが
まったく恐くない

＊　オンドルの煙道の上に置く板状の石。

大豆もやしの根を取り除きながら

大豆もやしの根を取り除きながら私は
並んで生きる方法を学んだ

縮め狭めて共に生きる方法
水を飲み首を下げて
清く生きる方法
大豆もやしの根を取り除きながら私は
一団となる寂寞感を知った

共に生きるのは易しくても
共に死ぬことは難しい
私たちの影は
別々に立っていることを

大豆もやしの根を取り除きながら私は
私の持っている無用の物
私は持っているゆえの不自由を悟った

大豆のさやを脱ぐように脱ぎ捨てたい
水の殻のみ
私の四方には水の殻だけだ

大豆もやしの根を取り除きながら私は初めて
翼を広げて遠ざかっていく
懐かしい私の後ろ姿を見た

洗濯物を干して

洗濯物を干した
四肢を垂らした私の
体を
蒼天に漂白するように
掲げ出した

降伏する者のように
両手を挙げて
思い慕うのには未だ眩しい
今日は日に向けて
胸を解いた

今　私は別に雄大な
願いもなく

だからといってすすり泣くほど
悲しいこともないけど
懐かしさを知らせる
白い旗一つは
最後の星のごとく浮かんでいるように
したい

洗濯物を干した
おのずと乾く野草のように
横になって
おとなしく従順に
揺れたい

花束を乾かしながら

誰かが私に
このような悲しみまで分かるようにするのか
花の咲く痛みも尋常なことではないのに
あの純一ないのちの房々
赤い泣き声を折ってきて
こともあろうに私の手で萎れるようにするのか
イエスが十字架にかけられたことのように
花はぶら下げられて絶頂を集め
永遠に生きる道を素足で歩いて
このように素直に釘づけられるのだから
ただ死んでから
まともに私に戻ってくる花よ
あなたを抱き上げるのには
私の手があまりにも黒く

あまりにも醜く痩せたんだね

うっとりとする瞬間の喝采は過ぎ去り
今残ったのは貧血の花と
無心な壁と
固く噤んだ私たちの千言の話だけ
何もない

死んでいく花を逆さまにぶら下げたら
逆立ちにして湧き上がる
私の血の熱気
私の血の憤り
私の血の慟哭
花を乾かす　唇を噛みしめて
黒く焼かれた私の血を虚空に晒す

私はなぜともするとすぐ涙が出るのか

私はなぜともするとすぐ涙が出るのか
肩を揺らしながらすすり泣く雲
花束の煙の中で秋の川水は増し
水路にそって海まで歩いていきたいのか
山裾の曲がり角の谷で休んでみたら
初めて見る地ごとに美しさだけなのか
目を開けて眺める身に余る日差しに
紫や赤　虹色のクレヨンで
昔歩いていた路ごとの懐かしさなのか
私はなぜともするとすぐ胸がびりびりするのか
何でもないわ
振り払っても
私はなぜ細やかな心配ごとが
離れる日がないのだろうか

藍色の終末を考えながら

雨の降る日には　私はなぜ
大丈夫　大丈夫
しきりにいつになく寛大になるのだろうか
こうしたら間違いなくけりがつくのを見るべきとでもいうのか
怪しい雲は低く敷かれ
未だに若き日の微熱に浮つき
このような日には　私はなぜ
一輪の阿片の花でも食べたかのように
藍色に精神が澄んでくるのだろうか
道を歩く途中　軒下で
小川の水のように落ちる雨音を聞くとか
雨が斜めに線を引く窓の外を眺めたら
創世の種の中なのか
世はまことに小さな藍色

体は濡れた綿のように沈み
ぱりっとした糊気も湿っぽくなり
雨の降る日には　私はなぜ
藍色の海　藍色の空の
藍色にもつれる
一つの終末を考えるようになるのだろうか

茶碗の縁に

茶碗の縁に口紅がついた
コーヒーはすでに遥かに
私も知らない奥まった路地に染み込み
口紅の跡だけ刻印のように残った
振り返ってそっと口紅を消す
許されない熱情を姦淫と言ったね
姦淫の痕跡のように恥ずかしい場所
掌で塞いで天を騙すように
掌で塞いで私の罪を隠すように
人々が皆後ろ指を差す
抱きしめて泣きたい暗い運命のような
茶碗の縁の口紅
生きる間に落とした穂のようなものが
少しは残っているはずの臙脂*の跡のようなものが

天の下でとりわけ目立つ
天の下でとりわけはためく
ああ　生きることはこんなに透明であるのね

＊　韓国の伝統的な結婚式で新婦が両頰につける紅。

恋しい永遠

霧は山水画の掛け軸ごとに濡れていたのね
シウンエイの濃い桃色の水田の畝を歩いていったら
過ぎた冬の豪雪でそうなったのでしょうか
水車小屋の草屋の藁がぼろぼろの牡蠣の殻のように伏していたのね
村の二、三人の老人がシャベルを持ってがやがやと遠ざかる何もない野原の果てで
春の日は昨年のように一昨年のようにいつも昔のように来ていたのね
地平線をかき分けてゆらゆら草色を広げながら来ていたのね

毎年春は来ても私は未だ幼かった
私は持っている物がなく私はこの世の中で知らないものばかり
そして私は世事に疎かった
しかし私はとんでもないことに孤独になり始めた
私は私が孤独になり始めたそのある日の未明を忘れることができない
誰かが私の目に葡萄酒を満たしたのか

酔いのような悲しみで芽生える孤独
私は孤独のために恋しさを学んだ　恋しさは私の師匠
私は恋しさのために私をしまっておいた　恋しさは私の番人
私は恋しさのために首を長くした
私は恋しさのために生き残った
私は恋しさが何なのかを知らないのに　ひたすらに悲しみなんだろう　星なんだろう　永遠なんだろう　と思うようにした

ああ　ほんとうにそんなもののようだね　恋しさは私の永遠だった
言っておくれ　頼むから
私たちの頂点は今ではない　と
流れる秋風に洗っては
眩しい明日の正午の扇の骨のような日差しの上に
心にかなった昼の月のようにかけておいた　と
未だに私はその日を待ちながら生きている　と

お元気ですか

お元気ですか
私たちは出会ったらまずこのことを聞く
クヌギの秋の森は
落ちる実たちを落とし
夕べその森で野宿した鳥たちも
悲しいこともなく無事に再び飛び上がる時

そうです
私たちもこれぐらいなら元気な方です
この元気さ　別に変わりのないことが
罪でも犯したように気まずく　申し訳ない朝
流行する風邪にでもかかりたい朝
静けさの中に染みる涙のような思いで
私は私に再び訊く

まことにあなたは今元気なのかと
胸に深く食い込む憤りはないかと
万一でも誰かが指差して
刀より痛くあなたを狙う
恥ずかしさや後悔はなかったのかと

昨日と同じものが今日はなく
静止しているものは何もなく
お元気で
くれぐれもお元気で
腰を屈めて履物の紐を引き締める朝

行きたい国々

地図を広げたら行きたい国々
私はどこかへ旅立ちたかった
遥か遠い他郷のプラットフォームには
晩秋の風が落葉を掃き
一泊の宿屋に荷を降ろした夜
立て看板の立っているみすぼらしい食堂で
私は履物の紐を解きたかった
我が人生の一区切りの点をつけるように
備忘録に数行の住所を書き
両手の掌を広げて覆うことのできる
虹色の世界地図の中
点をつけられた名高いところで
新しく踏み出す見知らぬ土地ごとに胸がわくわくする
我が寂しさよ

異邦の花のようにかぐわしいもののはず

寂しさのために

私はそれでもぜいたくな方だ
これほど頻繁に寂しくなれることは
これほど頻繁に寂しいと
ひたすら寂しさを歌うことができることは
昨日より低くなった遠い山の背丈を測りながら
私は何の不平もなく
私の影を私が踏んで独りで立っている
私はまさに今　寂しいらしい
この寂しさよ　まことに僭越だ
この寂しさよ　済まない　済まない
漢方薬を煎じるように白湯を沸かす
水は遥かな始原の寂しさからきて
私を染めるだろう
我が寂しさはこのまま眩しいだろう

久々に私のために悲しんでもよいだろう
華麗なことよ　華麗なことよ
涙が出るだろう

古びた顔

日暮れの西の空を眺めていたら
急いで家に帰るロバの鈴音が聞こえる
星たちは自分の身を砕いて藍色の川に注ぎ出し
物悲しく哀れに濡れている夕方の山の裾
今後悔するのか
夕焼けの斜めに射す西の山を眺めていたら
今　旅立っても辿り着けないところ
歩いて歩いて尋ねていく近道が見える
道端には草取りをしておいた二、三畝の家の近所の畑
ままごと遊びをしていた幼年の草人形たち
ランプの灯り低くぶら下げられた窓からは
その一日の斜線をカレンダーの上に引き
家族たちは夕食の食卓に車座になっているだろう
痛ましく眺める古びた顔

近く　より近く
懐かしい　灯心を上げるだろう

こんな日こんな時には

私の内の奥深いところに
鬼さえ気づかない奥まったところに
あるような　ないような
一つの紙の提灯が灯されている
大豆油の灯盞の火に灯心を上げたら
かすかにばたつく一羽の火の鳥
私の内の奥深いところ
風の届かないところに
一生に一度啼くか啼かないかの
火の鳥一羽住んでいる
ポプラの雲のかかった高いてっぺん
いらいらするな
時を待って血を堪える鳥の啼き声
今日のように空の粘っこい日は

老いた木の松脂のように深く敷かれる
こんな日こんな時には
太鼓を一度打ちたい
低い音楽の木の太鼓を
雷のように一度鳴らしたい

第三部　家に帰る

食品トレーを持って

食品トレーを持って列に並んで待つ時は
なんの役にも立たない
まことにつまらない私に出会う
しかもそれがお金を払わないただのご飯の時
ソビエト収容所のイワン・デニーソヴィチ*を考える

彼が密かに隠しておいた二百グラムのパンを
この世でこの上なく羨ましいものと言った
彼の幸福を思う
それに比べると皇帝も羨ましくないが
どうしてこんなに気に食わないのか
やっとご飯を食べるために立っている体
ご飯でも食べようと首を長くする心
なんでこんなに空腹感はいつも来て

空の器を持って順番を待つ私たちは
皆一様に収容所の無期囚に過ぎない
出獄する日を知っているんだって何の役に立つんだろう
ただ従順に服役中ということが分かるようになる

横になっても　座っても　並んでも　とにかく
実は私はいつも食品トレーを持っている
並んで待つ

＊　小説『イワン・デニーソヴィチの一日』はロシアの作家アレクサンドル・ソルジェニーツィン（一九一八〜二〇〇八）の代表作。一九七〇年にノーベル文学賞受賞。

整える

ほこりと垢を洗い流して
ごみとわらは払い落として
皮はむいた

頭は引き離し
しっぽは切り捨て
鱗は剝がして
何も残らない

整えることは
戻すこと
目も鼻もない　口もきけない
真ん中のぶつ切り
それだけ残して

ぴんぴんと振り回していた手足を
洗いざらい取り除き忘れてしまうこと

なくすべきものが何かを
知っている人だけが整えることができる
「たくさん取り除きました」
私はこの言葉に身震いする

取り除かれ濾過される残り物の寂しさ
涙と鼻水を流しながら　ネギを整える

賞味期限

うらみ言は　一言ずつ忘れてもいい
ゴミになる前に　自分の足で出ていくなら
いっそ身軽じゃない

賞味期限が過ぎたトマトケチャップ　マヨネーズソース
もったいないエゴマ油を捨てながらためらった
古いものと同居することが好きな私は
自分の使用限度の見当でもついているのかしら

忘れた言葉に押しつぶされて
捨ててもいいものに胸が痛むなんて
それでは別れの良い時ってあるのだろうか
自分が向きを変え　相手も引き返すこと
なんでこんなに難しいのかしら

薄緑の陰

草の匂いが広がる夏だったね
流行りの花柄ワンピースを着て
古い鐘の前で写真を撮ったね
その中の一人は早く眠りにつき
一人は雲の中で道に迷っているけど
あの時はそうだった
香火の燃える講堂でお茶の水が湧き出てくる間
酔うように胸が熱くなり
静寂は奥深くて水の中のようだった

大寺を抱えている俗離山[*1]
世俗を離れたのか
離れようとするのか
誰かがいつか植えたんだろうね

法住寺[*2]の庭には青桐の木
ゆらゆらする若葉の緑の陰

＊1　忠清北道にある山。
＊2　俗離山にあるお寺。

火をつけて

夜が暗いからと目まで閉じないこと
どうかそうはしないこと
眠れないときに横にならないこと
悔しくてもただ我慢して
死なないこと

そうであるほど両目に油を満たして
ランプのほやを拭き灯心に火をつけて
起き上がって座ること
起き上がって歩くこと

今が何時なのか気にはしないこと
夜明けでも真夜中でも同じだ
オンドルの下には地下水が流れていき

屋根の上には星が光って
どこからか息を殺してすすり泣く声
死なないで生きていること
上出来だ

眠りにつかないこと
火をつけること
自分の影を踏んで腕を組んだら
哲学を耕すように歩くことだ
百里でも千里でも歩くことだ

まことに言おうとしたら涙が出る

昨日は他郷から息子が立ち寄って帰り
今朝目を覚ますやいなや電話で聞いた
無事に帰ったのか　あなたに会った昨日が夢の中のようね
それくらいのことを言うのにも涙が出る
世の中で起こるすべてのこと　その中でも愛することよ
しかし電話だから
私が泣いたのかどうだったのかその子は知らなかったはずだ
出勤してから　もう一カ月も
病気になって寝込んでいるという友の便りを聞いた
それくらいでよかった幸いなことだと
こんなありさまでは死んでも知らないだろうと
それくらいのことを言うのにも涙がまた出た
祝福よ　この世の中いたるところ　多幸なことよ
しかし　電話だから

私が泣いたのかどうだったのか彼女は知らなかったはずだ
私はこの頃ばかのようによく泣く
まことに言おうとしたら涙が出る

陽炎のように生きるのよ

それでもたまには私のことも思いながら
時にはこの近所を通ることもあるでしょう
月明かりでゆすいだ澄み切った笑顔で
陽炎のように生きるのよ　私は
昔の炎はきれいな灰で覆って
昔の怨みは水に流して
陽炎のようにちらちらするのよ
陽炎のように揺らめくのよ
歳月とは恐ろしいのよ
歳月のお陰なのよ
陽炎のように
陽炎のように
私は生きるのよ

誰かが泣いているらしい

どこか近所で
誰かが泣いているらしい
遠い海の波のように砕かれているらしい
痩せた肩を揺らしながら悲しんでいるらしい
どこか近所で
誰かが彷徨っているらしい
春の日照りに燃やされても
つつじの花が水を吸い上げ
私の知らないからっぽの山で
血を振り撒いて立っているらしい
恋しいという私の言葉を
盗み聞きしたらしい
その目に涙がにじんで
手足がこんなにもしびれるのか

東なのか西なのかあなたに向かって立っている
目を閉じてはるか遠くに向かって立っている

私はいかばかり絵のようなのか

こんなにもやすやすと振り返って見られると知っていたならば
悲しまなくてもよかったのに
沈んだ秋の川　水晶のような心で
「思い出なんだ」と
言える日が
こんなにもすぐに来ると知っていたならば
うろうろしなくてもよかったのに
いま名前を高く呼ぶ
輝く涙があって
私は貧しくもなく
いま下せる重い首かせがあって
私はいかばかり絵のようなのか
私はいかばかり美しいのか
このように月光を仰いで生きると知っていたならば

目の前が真っ暗でなかったのに
川の水に無心に葉一枚を浮かべ流すように
思い出ひとつ　歌のように浮かべて流す

思い出という言葉には

思い出という言葉からは
落葉の枯れる匂いがする
秋の青大根の畑を通り
クヌギの森のかさかさする音を通り
思い出という言葉からは
さらさらと揺れる
ススキの話が聞こえる
思い出とは
いつまでも帰ってこないという言葉
それでひたすら恋しいという言葉である
過ぎ去ったことよ
過ぎ去って残ったもののないことよ
夕焼けは心の中で苦労の種のように燃え上がり
日暮れの野原に低く広がった夕飯を炊く煙

思い出という言葉には
十の指がじいんとする露がついている

ドライフラワーの花束

涙という涙をすべて濾過して
棚の上にはドライフラワーの花束
回想する愛は眩しいな
短いいのちの汁を絞り出し
一生涯花であったならそれだけで充分
より悲しい栄光をどうして望むだろう
浜辺の渡し場の塩のように
広く平たい岩の青苔のように
日暮れの野原の煙のように
果てしなく遠い証言
棚の上には
過ぎ去った秋からまた秋へ
果てしなく流転するドライフラワーの花束

私はしばらくの間

私はしばらくの間沈黙することにした
蜂に刺されたようにあっちこっち流れ歩いて
目に見えないように溶けてしまうか　死んだように静まり返るか
心の中に秘めておくことに　奥深く閉じ込めておくことに
私はしばらくいなくなることにした
少しは忘れることにした
足りなくても見逃すことに
そうだろうなと思うことに
私はしばらくの間
何も知らないことにした

家に帰る

家族がみな帰ってきているだろうか
もう今日を締め切ってもよいだろうか
朝ごとに家出しては
夜ごとに懺悔するようにまた帰ってきて
震える指でベルを押す
家は私の劣った足首
足首を引っ張る太い縄
砂漠と氷山と茨の藪を越え
オオカミとヤマイヌとキツネの穴を通って
私　帰ってきたのよ
しびれるほど冷たく痛い名　家族よ
このように帰ってこられる家があるのよ
夕飯の食卓には涙が霧のように立ち込め
しかし私たちはまた明日の家出の陰謀を企てながら

おのおの自分の部屋に他人のように散らばった

手を取った

彼の告白が訳もなく悲しくて
両膝の間に顔を埋めた
散る花弁がぶるぶると
私の肩の上で身震いした
愛とは悲しみの他の何ものでもないね
そんな言葉は最期まで抱えていて
死んでからこそ墓に埋めるものだと
ありったけの力を集めて泣き出しそうになった
膝の間に両手で顔を隠して
彼がためらいながら私の手を取った

陽炎のある家

家には私の恥ずかしいならわしがある
飯びつのような　醬油小皿のような　おまるのような
家には砕かれた私の鱗がある
髪の毛のような　爪のような　ふけのような
家には私の陽炎がある
パルジュノチョパナムボ*　虹の七色を数えてみる色
家には悲しい殻と染みついた鼻水
それより恥ずかしい人情がある
家には私の匂いが　意地がある
座って石になる執念がある

＊　虹の七色を表す「赤・橙・黄・緑・青・藍・紫」の韓国語の頭文字だけを集めた表現。

たまたま私のようなものが

たまたま私のようなものが
あなたに出会ったのでしょうか
どのような手が私を引いてあなたの前に立たせ
とても眩しくて向き合ってみることのできない
あなたのお呼び出しに
耳を開くようになったのでしょうか
私はそれがとても知りたいです

数多くの出会いと数多くの別れ
数多くの恋しさと数多くの悲しみ
その中でふと便りのように来られたあなた
どのような手があなたの望みの前に
萎れた雑草のような私を起き上がらせ
思い慕えよ

愛せよ
死ぬほど愛せよ
私を揺さぶり目覚めさせたでしょうか

私がたまたまあなたに出会ったのでしょうか
日の下豊かなオリーブの木の陰の下に
暗い夜には白く明るい月光の下に
乾いた地を選んで踏み歩いていけるようになさる
あなたの力強いお呼び出し
静かな沈黙
たまたま私のようなものが
あなたを愛するようになったのでしょうか

自足すること

これぐらいでよいのです
美しい天気に空の色を楽しみ
忙しく走り回れる両足もあります
夕方になったら帰っていく家があり
帰っていって食べられる夕飯もあります
待っている家族もあり
頭を下げて切に求める願いもあり
願いがかなうよう求める奥深い涙
ないものはありません　私にはすべてあります
たまには恨みも憎しみだったけれど
熱い赦しと痛い後悔と
抑えがたい情けにすすり泣く川水のような心
時々窮乏で私を鍛錬され
そこから強健な力も賜れるから

何の不平もありません　すべて分かります
壊れそうな穴蔵では土の匂いを愛し
シャンデリアの天井の下では玄琴を奏でるようにする
ああ　大いなる恩寵よ
これぐらいで結構です

それが気がかりです

踏みにじられることが
踏みにじることより美しいならば
躊躇わずそのようにいたします
血の流れる傷口を覗きながら
流れる私の血を許します
傷口の中に揺れるか細い影
その人の旗を愛します
千年の後にそれが花で咲き出すならば
私はそういたします
日ごと生きることが後悔
日ごと生きることが咎
日ごと生きることが練習です
このようにしわくちゃになり蜂の巣を突いたような騒々しい心で
あなたに帰っていくことができるか分からないこと

私はそれが一番の気がかりです

ノウゼンカズラの手紙

灯火の点されるようにノウゼンカズラは咲き
花の散る陰で
花の色の美しさに泣いていた友だちは去って　いない
言い張らないようにすべきだったことを
言い争っても私が先に話しかけるべきだったことを
夏が熟れていくほど後悔は深く
梅雨の雨音はノウゼンカズラの垣根の下に
煙のように立ち込めている
家近くの畑のレタスや冬葵は溶けてしまい
散った花の色もほのかになるだろう
健康に生きているのかも知れないね
夏の陰は鬱蒼と茂っているのに
ノウゼンカズラが咲くたび間違いなく彼は来て
流れていったらそれっきり　帰ってこないという言葉

川の水はそうだろうな
私は信じない

私は悲しい

「真実です」というとき
私の体は山の竹林のように細く揺れる
そういうたびに
広い海の青い大波に浸るように
私は身震いする
隠れている偽りは死んでしまえ
殻と藪と
陰険な影は消え失せてしまえ

「まことに　美しいよ」というとき私は
その澄んでいる青さに胸が焦がれる
世の涙という涙
世の純粋で完全なものすべて
わあ　わあ　わあ　手を取って立ち上がる音

立ち上がって私を肩車して
そうよ　そのとおりよ　喝采する音

それが生きて最後の言葉でもあるようにしよう
一人でも無駄に誓わないようにしよう
花の雨の中で魂が抜けて道に迷うことがあっても
彷徨わないようにしよう　明鏡のように歩いていこう

「悲しいよ」というとき
私は寒そうに　腹がすいているように
寂しそうに
魂を糸のように引き抜いて燃やすことのように
少しずつ眩暈がする
私はまことに悲しい

春の海の波のように

いま思えばそうすべきことでもなかったのに
私がそのときなぜそうしたのか知るすべがない
一生を頼り合いながら生きようとするその言葉が
負荷を共に背負い一緒に行こうするその言葉が
あまりにも赤くて
あまりにも濃くて
狭い肩を縮こめて顔を埋め
春の海の波のようにすすり泣いた
そのまま沈んで消え去りたかった
私がそのとき愚かに泣くことさえしなかったら
世は今とまったく変わったはずを
私がそのときなぜそうしたのか訳が分からない

崖の木

崖の木は崖に立っていることを知っている
生肉のように突き出ている黄土の崖の上に
常に首を持ち上げて崩れる音
崖の木は崖を知っている
つらい背伸びと眩暈と痛切な寂しさを
崖より高い志を抱いている
平地の木より切実に体を揺らして
離れるものたちの名前をしきりに呼び続け
平地では思いもよらない
悲しい懐妊と聖なる結実
骨が用心深く肉を治めるように
根は互いに絡み合って土を抱え上げ
崖の木は崖であると知ることで
決して墜落することができない

第四部　いま何時なの？

いま修養しております

お母さん　その後お元気ですか
お食事はつつがなく召し上がっていらっしゃいますか
私は朝早くに目を覚ますとご飯を食べて出ていっては
夜毎帰ってきてご飯をまた食べます

一食でも抜いたら大変なことになるか　気をつけて生きます
ご飯中毒になったのか
食い意地が張ったのか
夕ベベルトをゆるめ飽食をしたのに
夜が明けたらすっかり腹が空いております

一日三食のご飯のために盗みもし
ご飯が仇なんだ仇よと言って
か細い一本の悲しいいのちをかけたりもするけど

すいてこそ澄んでくる
離れるからこそ懐かしい
お母さん　私はいま学んでおります

腹が減っても卑屈にならないように
腹がいっぱいになっても獣のごとく堕落しないように
お母さん　私はいま修養しております
腹が減るのではないかと
自分でも知らないうちに腹がいっぱいになるかと
私はいま注意深く訓練しております

幸せはそれほど難しくない

幸せはそれほど難しくない
浮き浮きした真昼が藁の灰のように沈みこみ
暗い路地のどろどろする道に
帰ってくるべき人たちが帰ってくる夕方
胸に手を置いて私は幸せだ
地蜂たちの群れ　その中をうまくくぐり抜けて
季節風に飛ばされてきた一枚の絵葉書
しきりに恋しいと力を込めて書いた文字
古い友だちの声が涙ぐましいほど幸せだ
桜の花が白く散っていた春の宵
若さと夢の他には持ち合わせていないと言い
愛・す・る
その人が痩せた手を差し出したとき
私はただ泣きたかった

あるいはすまなさ
あるいはありがたさ
幸せは日々数回ずつやってくる
寝床について目を閉じたら
幸せはそれほど難しいものではないのだ

安否だけうかがいます

安否だけうかがいます
私はまあまあです
行ってしまわれた後はしきりに霧が押し寄せ
草虫の鳴き声にも深く浸ったりもしながら
耳が遠くなり目が見えなくなっても　ここに元気でおります
私はなぜ泣くのをホオズキのように吹いてでも
解かれても結ばれても　言葉で言えないのか
流れるものはおのずと流れるようにして
私　ただここにおります
恥知らずです
申し上げたい言葉は灰のように朽ちて
すべてなくなる前に手紙でも書きます
日々日が昇り　日にちが過ぎ
いつか出逢えるでしょうか

その時まで変わらず
お元気でいらっしゃってください

花の茶を飲みながら

花の茶を飲む
いのちの真ん中の脳天を摘み取り
蓮の花一輪　煎じて香りにつつまれる
お茶屋の大きな窓ガラスには
早春の霧雨が低く深くすすり泣き
胸の新たな痛み　息をしばらく整えた後
陶磁の茶碗　寂寞の中にお茶をつぐ
私はこんなに終盤にさしかかったのか
やっと凍らせた花を溶かして香りなど淹れて
何気なく
花の茶を飲むなんて
目を閉じれば願いもない　何かをまた望むだろうけど
私はまた罪一つを重ねているのか

葡萄酒を漬ける日

白い木綿の布巾を絞り水気を拭いて
壺の蓋を覆いました
すっかり忘れるようにしてください
陽の下で生きていた日の栄光と侮辱
いのちを捧げた数百日の愛
根と名を忘れるように
つぶされた額が洪水に流され
暗闇の中に埋もれて死ぬときまで
死より酷い寂しさに浸って
夢うつつに香りに彷徨うときまで
酔いだけ取り出し　捨てるようにしてください
あの世のようにすべて忘れた後
立往生した崖の果てで
行灯のように私は揺れましょう

漢江《ハンガン》の大橋の下で

ソウルがどこなのかも知らず来たとき
黒石洞[*1]の友だちの家で居候していたとき
朝に一度夕方にもう一度再び漢江を渡った
江を渡っていたらまるで聖なるある手が私を引っ張るように
胸が異常にどきどきして
私は朝晩洗礼を受けながら漢江を行き来した
漢江の砂場でゆで卵の殻を剝きながら
友だちが言った
「私　すぐ移民に行くわ――」
風が吹いた　砂が飛ばされた
「移民?」私はやっとそのように訊いた
鷺梁津[*1]から竜山[*2]へ漢江を横切る
漢江大橋の上にぐらぐらしながらバスが通り過ぎ
時間が過ぎ去り私たちの誓いが過ぎ去り

停止しているのは一つもない
漢江を繋ぐ橋がいまは二十個も越えると言われるけど
友だちが帰ってきたら私はきっと昔のあそこで会うだろう
黒石洞の入り口あそこ　行ってみたことも久しくなった
寄り添って座れる砂場さえ残っているのか分からない

＊1　漢江の川辺にあるソウルの町。
＊2　ソウル駅に近いソウルの町。

ある遠いところを待っている時間

村のバス停で座って村のバスを待っている
私はいつも来ないものだけを待っている
通り過ぎていくバスはそれぞれ行き先が確かで
疾走する勢いが物凄い
その間知らなかった町の名前
あのバスに乗っかって終点まで行かなくちゃ
荒涼たる風はちり紙の切れを掃き
ガソリンの匂いを放つ街角で
いら立って苦しめられた黒い血のように
我が胸の愚かな悩みと欲
虚しい世に灯をつけるように
村のバス停の椅子に座り
ある遠いところを思う時間
知らないどこかを懐かしむ時間

希望がますます美しいと言っても
待っているバスが来ないような
遠いところを思う
果てしなく遠い時間

トネリコあるいはチョウセンブナ

いろいろなことがみな気に入るとき
でも　かならず一つだけを選ばなければならないとするとき
私は「トネリコあるいはチョウセンブナ」と言う
たった一つだけ選ばなければならないので無数のものを無視しなければならないとき
二つの道を同時に行けないので中途半端な場所で道に迷ったとき
私は「トネリコあるいはチョウセンブナ」と言う
一つの道を歩んで人生を始めること
一人の人と目を合わせて生きていくこと
そうして世が虚しく違ってしまうこと
目を閉じて崖に立つことが恐くて私は
「トネリコあるいはチョウセンブナ」と言う
多数の中で一つだけ残してすべて殺さなければならないとき
トネリコあるいはチョウセンブナの長く見慣れぬ名前
言いよどむ私を嘲笑おうとするのか

切り捨てられない
追い出せない
振り返って背を向けることのできない痛みを
節操がないと言おうとするのか

トネリコあるいはチョウセンブナ
私は最後までお前たちの一つを捨てないの
やっと安心して眠りにつけそう

冷水を飲みながら

目を覚ますやいなやコップ一杯の冷水を飲む
深山幽谷の人参の根を濡らし奇岩絶壁も跳び下り
冷蔵庫の中で金剛石のようにきらめく水
コップ一杯の生水を飲みほした
長くて長い彼の履歴が我が体の強壮剤として沁みる間
一晩中我慢していた小便をした
五臓六腑をくねくねと手の爪の裏まで
昨日まで生水だった排泄の廃水
追い出した
小便は下水のたまり場を通り過ぎて混沌を通り抜けながら
一時は威風堂々の生水だったのをすっかり忘れるだろう
さようなら　輝いていた日の短い栄光
お元気でね　ほどき切れなかった愛の長くて長い影
朝ごとに目を覚ましたらコップ一杯の冷水を飲む

水の道につき従い私も山川を巡礼する
溢れる汚水とがらくた　追い出されるものたちの後について
およそ五百年は伏して待ってみようかな
そうしている間に虹として浮かび上がろうかな
朝ごとに恵みの露を飲みながら
何になって帰って来るか　虚しい思いに沈む

あなたのお陰で

私たちは別れながら握手を交わした
トウゴマの葉っぱのような精巧な手を
白く並びのよい歯をむき出しながら
長い間の癖で握り振った
出会うときそうしたように
長い間の癖はどれほど幸いなことか

お変わりはなかったでしょうか
千斤のような体はどうなのかを訊いた
「お陰様で」
悠長な波のように流れながら私は見極めた
私の安寧の根源　その出処と訳は
いま私の手を握り振っているまさに彼のお陰だとの思い
会ったら無心に安否をうかがった人たち

その一つ一つのこの上ない目つきと目つき
本当にあなたのお陰なんだわ　あなたがたのお陰なんだわ
錐のように目を一カ所に差し込み一気に走りながら
一気に走りながら倒れなかったのはあなたのお陰なんだわ
夜の路地に外灯が点され目の前が明るくなった
私たちは急いで互いのお陰だと強調した
何の憂いもなかった
訳もなく泣きそうになった

クヌギ　カシワ　イボタノキたち

森の道に立つと私を崩して捧げるとのことが何なのか
最初のところへ戻すというのが何なのか自然と分かるようになる
ひとりでに舞い散る葉っぱたちをみたら
書いている間に行き詰まってしまった遺書の絶頂　その締めくくりが分かるようになる
クヌギ　カシワ　イボタノキたち
葉の散る秋の木々は夏中振っていた両腕を下ろし
望むことなく怨むことなしに
従順に引退を急ぐ
日差しは金の糸のように流れて塞がれていた水路を拓き
山脈は山脈と　遠い海の波は波同士で
雲はおのずと結んでは解かれながら
私たちが別れるとき持つべきものを教えてやる
振り返るとき振り返って忘れることがあっても
こんなとき呼ぶ名前一つは残してやるべきだった

クヌギ　カシワ　イボタノキのように
回想で解けだす渇いた告白
森の道を歩いていると私は一羽の白い鳥のように洗われて
心軽やかに枯葉の香りを嗅ぐことができる
クヌギ　カシワ　イボタノキたち

ゆっくり血を治めて

前方の山の顔色が数日の間にやつれている
もしや私のために病がもっと重くなるのかすぐに顔をそむけた
出会う人ごとに健康を訊く
もう私に誰も炎のような恋を訊かない
彼らがぐるになって
どきどきするその迷妄の草原で私を押し出そうとしているようだ
夏の間ずっと欲望に寝返りを打っていた木々は
未だ過去完了で彼らの愛を思い出すのではなく
私はゆっくり血を治めて後回しにしていた願いを括弧の中にくくる
あの秋の木々の頼りない手をつないで
私たちが最初に離れてきたところへ戻りたい

謝罪

すべてが私の過ちだ
彼の声が嗄れていた
流れる間に止まってしまった小川の水のように
ごめん　赦してくれ
何も狙っていない彼の視線が
大気の中にいっぱい満ちてくる間
私はかえってその場に座り込んで
消え去りたかった
私が先に謝罪したらよかったのに
彼に過ちがなかったのは世のすべてが知っているだろう
私の代わりに詫びている彼の頭の上に
合唱のように降り注がれる夕焼けの慟哭
あらゆるものは時があることを学んだのに
私はすでに時を逃した

泣くがいい　赤ん坊や

赤ん坊や泣くがいい　未だ世事に疎いときどっと出るまま泣けるとき
泣くがいい赤ん坊や　安心して泣くがいい　泣きたくても泣いてはいけない世がすぐ来るんだよ
泣くがいい　生まれたことに泣き　あなたの理由に泣くがいい
冷たくしびれる場所と見当がつかない気候に泣き
見慣れぬ隣人とぎごちないぶつかり合いと四方八方に塞がれている自由に泣き
陰険で凶悪な目つきたちと未知の明日から明日へ繋がる遠い路に泣くがいい
いま声を出して泣かないで　長く我慢したら
深くぶり返し刺されて青黒い刺青になるだろう
ときが過ぎたら　あなたは臆病者　あなたは愚か者
病弱な陰に放り投げられた逃亡者になるだろう
赤ん坊や泣くがいい　泣いているあなたのそばで私も拍子を取って打令*を詠むから
私がとっくにあなただったらこんなにコノハズクのように苦しまなくてもよかったのに
泣くあなたが羨ましい
赤ん坊や泣くがいい

ありったけの声でわめきながら泣くがいい
泣けるとき安心して泣くがいい

＊　タリョン：民謡の曲名を表す。～節。パンソリ、雑歌などの総称。

母　大きな山

新しく引っ越した家のベランダに立ったら大母山《デモサン》*が近い
平穏に横になり休んでいる山
母が横になるときはきっと具合が悪かったはずだが
辛抱を徳目と知っている母のように大母山も口が重い

大母山　大きな母の山　母の大きな山　母のように大きな山
世界の臍　世界の子宮
地上の中心がここだと叫ぶ

新しく引っ越した家のベランダからは母の首筋から肩
胸に上る稜線を眺め母の腰辺りと母の足と
母の膝
しびれて冷えてずきんずきんとしていた母の体
大母山を撫でることができる

昨年の冬に降った雪が未だ白く点々としていて目覚めていない木々はどす黒い
日々母と向き合うように山を眺めるなんて引っ越してよかった
母はそこが他郷のように見慣れなく寂しいはず
私はこのように何事もないように暮らす
〝お母さん！〟と口の中で呼んだら母が寝返って私の方を見る
大母山が動く
事ごとに物ごとに母が見ていらっしゃる
私の歩む足ごとにとても大きな母の影がある

＊　デモサン：ソウルの南方にある山。

いま何時なの？

母はしきりに訊く　いま何時なの？　私　今年何歳なの？
醬油甕や味噌甕を置く庭の高台のそばのマツバボタンが首を垂れた後オシロイバナが首を伸ばして
　ラッパを吹く時間
泥沼を渡ってきた蓮の花の香りがその中で聖なる山の稜線を招いて
黙禱する時間です　お母さん
燃え上がる間に沈む夕焼けを横切り鳥たちは古くなった森に帰ってきて
草むらの虫たちも草むらの虫なので鳴くために安心して伏して露を集める
「お母さん　このように寛大な時間です」

暗闇でどろんこの袋小路で私も訊いた
愚かさが膨らんで風船のように浮かび上がるとき私も私に急き立てた
いま何時なの？　ここはどこなの？　と
振り返って推し量ってみるとその痛い質問たちがぎくしゃくしたら崩れる意思を捕まえて
沈んだ水のように分別がつくようにして私を支える涙になった

九十歳の朽ちる骨が座り込んで懐かしいところに向けて丁寧なお辞儀をする
エビのように背を曲げた清潔な母
いつのときを狙って弓の弦を張るのか　しきりに訊かれる　母は
私　今年何歳なの？
いま　何時なの？

冬眠

ステンレス刃のような鋭い空に
トモエガモは羽を広げることもできない
よりによって錦江*の下流に鳥インフルエンザにかかった彼らが
数百羽が失神しているという知らせが聞こえてくるけれど
私はどうして鳥たちの言葉が分からないのだろう
その柔順に輝く羽毛を
私がいくら大切に思うことだって
今何の役に立つだろう

三日目か四日目か誰も探さずに
このまま沈んでしまうように今日も暮れる
呼びたい名前一つも浮かばない
暗くて長い冬眠
冬が過ぎれば春は来るだろうが

あのトモエガモたちはどうなるだろう
生き埋めになるとはこんなことだろう
どの家の呼び鈴を押すべきか
手ぶらで疲れ果てて帰ってくるはずだろう

＊ 錦江：クムガン。韓国の中西部に位置する主要河川。

線を引く

「真っ直ぐに引くんだね」
もうほめる人もいないのに
老眼鏡をかけて線を引く
二度と戻ることもできないし
裏返すわけにもいかないように
釘を打つしぐさだ

一日中つきまとっていた影も消え去り
立ちこめていた霧もおちついた夕べ
私だけ寂しく目立っていて
確かな答えがどれだけ余計なものか
線を引くことがいかに危ういことか
分かるような気がする

まあまあ辛抱すればよかった
踏みしめるべき高台が一つも残っていないけれど
目をつぶってみみずくのようにごまかせばよかった
死のように　生のように
くねくねとありったけの力を込めて
線を引く

凧

糊を利かせた絹糸で私を縛ったあなたは
丈夫な一組の翼も一緒にくれました
私たちの間につながった長い長い血筋で
鳥のように飛び上がるいのちの自由
押さえつけられた願いを大洋に放ち
私は今　電流のように胸が痛みます
張り詰めた糸車でもがく時にも
悠々と解いて許す時にも
私はただあなたの凧であるのみ
青空では風が口笛を吹き
私は今全身ですすり泣きます
あなたが手放そうが私が手を放そうが
根の無い煙のように道に迷うこと
夢にでもそんなことはないでしょう

私は今　めまいがする恍惚の中に沈んで
翼を広げ　魂を捧げて踊っています

お母さん　ぼく　お腹空いた

信号待ちの十字路
時間も午後の四時半
ゆっくりと歩く人々もまばらだった
そばで電話をして歩いている中学生か
小学生かがだだをこねるように言った
「お母さん　ぼく　お腹空いた！」
何でもないその言葉に
胸がじんと詰まるような
目の前がぼやけてふらつく
こんな症状を何と言うべきか
午後の四時半　まだ夕食時でもないのに
急に腹が減った

靴を脱ぐやいなや部屋のドアを押して

私もそう叫べたら
「お母さん　私　お腹空いたよ！」
私は家をなくして久しい
お腹空いただろう　ご飯食べなさい
誰も気にしてくれなくなって久しい
子供たちは願い通りに大きくなってしまい
長じたら　自分の足で出て行ってしまって
私にご飯をせがまなくなったのはいつだったかしら
今はすべてあべこべで　ひょっとしたら
自分の子供たちの腹が空くのではないかと
気が気ではないのだ

なんとか暮らすこと

なんとか暮らしています
みんな　お陰様で
大小のつむじ風はどうしようもないけれど
ひっくり返ることも沈むこともなく
一通り半分以上渡ってきたわけです

どうにかこうにか暮らすのも容易なことではありません
旋風を巻き起こして輝く
そんなことは根っから望みもなかったのですが
寂しいなら寂しいなりにうなずく毎日
ありがたかったです

老いた山が自分の裾に顔を埋めて
紫色の濃霧が低く沈みかけている夕べ

ただ眺めたら目が見えなくなりそうで
私は今黙禱を捧げようとしています
やはり罪を犯しているかのようです

一日一日

最後に残ったノートの一枚を
むやみにくしゃくしゃに丸めたり捨てたりしません
最初のページを開いたその日のときめき
その純潔を
毎日胸に刻みます
春は豪華で身にあまり
夏は豊かでおおらかでした
カラタチの垣根のやせた日差しが
傾いた風に暮れる街で
またお会いできるでしょうか
低い声で名前を呼びましょう
裸の木々は何の不満もなく
祝福のようになびく雪にむかって
従順な両腕をゆっくりと振ります

最後というのはまた始まるという言葉
私は灯蓋の明かりごとに恋しさを満たします
師走の一日一日の大切な息吹を
聖日のようにうやうやしく明かりをつけています

詩人の言葉

詩人の一生には、たった一冊の詩集だけでも十分だと思います。しかし、私は二〇二一年までに二十四冊もの詩集を出してしまいました。いくら詩を書き始めてから半世紀が過ぎたと言い訳をしても多すぎる数です。

詩集をたくさん出したことは自慢になりません。心を思う存分表現できない時、語彙をたくさん使うように、的を射る言葉を見つけられなくて、やたらに無駄口を言うように、私は自分の間違った発言を修正して言い訳するために、いたずらに言葉をたくさん並べたのではないでしょうか。

でも、私はこれからも詩を書く事が、生きていることの意味とやりがいであると思いつつ、詩を書きつづけるでしょう。

私は数年前から日本語を勉強しています。日本語は韓国語と語順が同じで、語彙に込められた情緒や発音も似ています。それは両国が漢字をたくさん使っているという共通点を持っているからであると思います。しかし、日本語の勉強は思ったほど易しいものではありません。

私の詩が日本語に翻訳されて、とても嬉しいです。共感する読者の方が多ければ、より幸せになりそうです。多分これは私の過分な欲張りでありましょう。

お忙しいところ、翻訳してくださった権宅明詩人に感謝いたします。また監修してくださった詩人の佐川亜紀先生にも深くお礼申し上げます。

二〇二一年五月

李郷莪《イ・ヒャンア》

解説

李鄕莪の詩世界

端正な詩と詩人の歌

カン・キョンヒ（文芸評論家）

1.「震え」と「戦慄」の愛

詩人であるならば誰でも、自分の全生涯を詩人として生き、また詩人として残ることを願う。しかし、願いがいくら切なるものであろうとも、詩人として生き、詩人として記憶されるということは、決して容易いことではない。完全な詩人になることは、「詩の道」と「人生の道」が一致する時、得られるものである。詩も人生も不完全な時、それは成就されない。そのような点からみて、李鄕莪詩人は生まれつきの詩人である。彼女は誰よりも端正に、詩人としての道を守ってきた詩人である。それは、彼女が特別な詩的才能を持っている人であることも、特異な人生の経歴を持っていることをも、意味するのではない。ひょっとしたら、李鄕莪詩人は、誰よりも平凡で素朴な生活で一貫してきた詩人であると言える。にもかかわらず、きっぱりと彼女を「まことの詩人」と言えるのは、彼女が自分と他者と世界に注ぐ、絶え間ない詩的熱情と、限りのない愛のためである。詩に対する彼女の切なる思いは、なかなか薄らぐことがなく、まるですり減らない灯心のように、引き続き詩心の炎を燃やす。その炎は、爆竹のように華麗であるとか壮烈ではないが、かすかな火種を保持しているかまどのように、温かいぬくもりで私たちの霊魂を溶かす魔力を持っている。

李鄕莪の『花たちは身震いをする』は、彼女の十四番目の詩集である。一九六六年の登壇以降十四冊の詩集を刊行するのは、決して平凡なことではない。四十年近く彼女は詩とともに青春の苦悩に耐え、中年の桎梏を乗り越え、今は老年の世界に至ろうとする。従って、李鄕莪の詩は、彼女自身の人生と同一な地平におかれると言っても差し支えないだろう。そうであるならば、果たして、このような至難の詩的旅程を、うまくやり遂げられることのできる、原動力は何だったのだろうか。その小さな解答の糸口は、今度の詩集の自序から確認される。「よい詩を読む時と愛する男性を眺める時、私の情緒は似ている。その男性に向ける私の熱情と、詩に向ける私の熱情が似ているのである。その人の前で敬虔になる心と、詩を読む時の真剣さが同じである。彼の目とぶつかり合う時、私の視線の震えと、よい詩の前での私の戦慄が似ている。」と述べるように、彼女において詩は、すなわち一人の人を愛する心と同じである。さて、ここで注目すべきことは、詩に対する詩人の愛が、まるで恋愛感情に似ているという点である。これは、彼女の物理的な年齢とは関わりなく、詩に対する愛だけは、青春のそのどのような熱情よりも強烈な充溢感を内蔵していることを意味する。すなわち、対象に対する「身震いと戦慄」、「敬虔と真剣さ」は、愛という感情が生んだ花と実なのである。従って、私たちは愛の仕事で積み上げげた彼女の詩を通して、詩人のすべての体と精神が縫い取る、まことの霊魂の紋様を見出すことができるだろう。

しかしながら、李鄕莪が探求した愛の方式を理解することは、決して容易いものではない。あらゆる愛が各自それなりの個性と態度によって、違うもののように、彼女の愛の方式もまた一般の文脈とはまったく違う。これを詩人の李殷鳳は、「具体的な外的対象を客観的に描写するよりは、そのものから始まる内的想念を、主観的に吐露する表現方式が」李鄕莪詩人の主たる特徴であると示したことがある。彼の指摘のように、李鄕莪の詩の独特な内的文法は、詩の意味が言語の表層的次元からは、たやすくとらえられないものだ。言い換えれば、彼女は明瞭な意味論的伝言よりは、感覚と記憶、実在と夢想を混在させる方法をとることにより、彼女だけの固有な文法を創り出す。そのせいなのか、彼女の詩は感覚的イメージに囚われることも、抽象的観念に従属されることもない、彼女だけの個性的発話法を持っている。

何より、この詩人の内密な声を解読することにおいて大切なのは、独特な「語調」である。それは度々「対話体」の形で表れるが、これは抒情的主体の内的特徴が、他者に向けて開かれているということである。しかし、より正確に言うならば、彼女の他者性は、「自分のうちの他者性」である。すなわち、李鄕莪にとって「私と対象」の関係は、互いに表裏の関係である。彼女にとって、対象に対する「話しかけること」は、実際自分の内部にある、異なる自我に向ける内的問いなのである。なので、彼女の詩は、世界を自己化する方式をとる。そうすることにより、詩人の対話は内的独白と称することもできるだろう。ここで私たちは、李鄕莪の内面世界に対する告白と、その告白が導く比喩的描写を通して、彼女の詩世界の内面風景をより近く覗いてみることができるだろう。

2. 自我探求の告白の詩

あらゆる詩の出発は、自分自身の問題から触発され、究極的に詩が回帰する終着点も、自分自身の問題に帰結する。「私は誰なのか」、「私は果たして幸せなのか」、「私という存在は価値のある人生を生きているのか」。このように自分のうちのまことなる自我を見出し、探索しようとする態度は、詩人が持つべき最初の問いであると同時に、宿命的課題であると言える。特に、告白の詩の場合は、自分自身を対象化するという点から、どのような形式よりも自分の問題に集中される。

『花たちは身震いをする』で、李鄕莪の視線が主に止まるのは、自分の日常的生活と、それが呼び起こす内面情緒である。「沈黙なんて」、「再会しても」、「離れるなら離れましょう」、「私を拒んでください」のような詩は代表的で、彼女の対話的方式を見せてくれる詩篇と言える。これらの詩の大部分は、表面的には話者と聴者が互

いに分離されているように見える。しかし、本質的には
この二つは「私」という同一者に還元される。すなわち、
彼女の対話において、主・客は究極的に自分自身に投影
される。そのためなのか、彼女の詩的話者は大部分詩的
自我と一致する。

安否だけうかがいます
私はまあまあです
行ってしまわれた後はしきりに霧が押し寄せ
草虫の鳴き声にも深く浸ったりもしながら
耳が遠くなり目が見えなくなっても　ここに元気
　でおります
私はなぜ泣くのをホオズキのように吹いてでも
解かれても結ばれても　言葉で言えないのか
流れるものはおのずと流れるようにして
私　ただここにおります
恥知らずです
申し上げたい言葉は灰のように朽ちて
すべてなくなる前に手紙でも書きます
日々日が昇り　日にちが過ぎ
いつか出逢えるでしょうか
その時まで変わらず
お元気でいらっしゃってください

（「安否だけうかがいます」全文）

私の魂はここにありません
古木の枯れ枝にかけておいてきました
新しく芽吹く梢の葉緑素の奥深いところ
呑んで死ぬ砒素のように隠しておきました
希望を申し上げましょうか
分かっておられるでしょう
私は今　殻だけ座っていることを
風が通る度ごとに水気は取り上げられ
あるかなきかのように私は乾いて
もしも足の下に埃のような種一つ
落ちたまねして息でもするなら

私はここにおりません
お赦しください

（「私はここにおりません」全文）

上記の二篇の詩は、離れた存在に対する喪失感で苦しめられる、話者の心理的状況を切に伝えている。これらの詩において、一人称の話者は女性で、二人称の聴者は男性として描かれているようである。しかし、実際暗示された話者は「仮面」であり、本当の聴者は、他でもなく「私」と言える。それは、「離れていった人」と通じようとする欲求よりは、喪失の痛みを耐え忍ぶ、「私」の忍耐により没入しているからである。

一見したら二篇の詩は、自我の処された状況を、互いに対照的に表現しているようだ。すなわち、前の詩は、恋しい対象にいつかは出逢えるようになるだろうという期待を、後の詩は、自分の「魂」さえなくなったという絶望的告白のように聞こえる。この時、話者が恋しがっている対象は、愛する「恋人」であることも、「絶対的存在」であることも、話者自身であることもあり得る。しかし、これらの詩が表している詩的意味は、不在の対象に出逢えるという希望でもなく、出逢えないという挫折でもない。それよりは、むしろ対象自体の喪失感が引き起こした「私」の虚しい人生の問題に集中される。それで、これらの詩の意味論的共通点は、話者が恋しがっている対象の不在ではなく、その不在が作り出した、私の苦しい実存的状況である。それはすなわち、私という存在の「有ること」と「無いこと」の問題に、再び深化される。

「安否だけうかがいます」の「耳が遠くなり目が見えなくなっても　ここに元気でおります」という表現は、対象の不在にもかかわらず、「私がここにおります」という表現は、「私がここにいるということ」を意味し、「私はここにおりません」の、「私の魂はここにありません」という表現は、「私がここにいないということ」を指す。しかし、このような私の「有ること」と「無いこと」は、実際コインの両面のように、同質の意味を持つ。これは人間の生（有ること）と死（無いこと）の問題が、可視的な現象の有無として、その意味を獲得するのではなく、より内的で本質的次元で、真の価値を持っていることを含意する。従って、これらの詩は、喪失した存在に対する漠然とした恋しさの心情を吐露したというよりは、喪失感が呼び入れた「私」という存在の「消滅意識」に接しているのである。なので、これらの詩は、外面的には自分の人生に対して、非常に淡々とした語調で語っているが、その裏面は自我の実存性を問題としているのである。特に、「耳が遠くなり目が見えなくなって」、「灰のように朽ちている言葉」、「呑んで死ぬ砒素」、「足の下に埃のような種一つ」のように、自分の状態を、極めて矮小で無力なものとして描写する人生の態度は、傷つけられた女性の、消極的心理を代弁しているものでもある。

　李鄕莪の詩が客観的事物に対する描写や鮮明なイメージに捕獲されないのは、いつも彼女の詩が、自分の観念を形象化しているからである。特に、この度の詩集を通して、しばしば見出せる思惟の傾斜は、死滅していく存在に対する憐憫と愛着、そしてそのようなものから、究極的に自由になろうとする意識の発露であると言える。これを違う形で言うならば、人間存在の「実存的苦闘」である。

　まず、だんだん消え去っていく人間存在の有限性を、象徴的に見せてくれるのは、他でもない「殻」という詩語である。「殻」は自分の存在が、少しずつ磨滅しているという認識の端緒を見せてくれる比喩である。「その言葉まで言ってしまったら／殻だけ残るだろう」（「その冬の恋歌」）、「私は今　空っぽの殻だけ残りました」（「沈黙なんて」）、「私は今　殻だけ残っていることを」（「私はここにおりません」）、「洗濯物の干しひもに日々空っぽの殻のように、／私をボサム（昔、良家の娘が生涯二人の夫を持つ運命だと占われると、厄除けのために男を袋包みにして拉致し、娘と同衾させた後に殺した民俗的用語で、これに因んで、不意に誰かに拉致されたり、さらわれることを意味する言葉として使われる―訳者注）してきた古びた袋のように、」（「裾だけさくさくとして」）のような詩句を通して分かるように、詩人はこのように「有限なもの」、「空っぽのもの」を通して、新しい人生の価値を確認する。「私はこのように決心したわ／再び生まれません／生き返ることは死ぬことより難しいです／伏して今日を守るようにしてください／見くびっていたどの草、どの獣も／私より優れているのを今日分かりました」（「今日分かりました」）という告白のように、彼女は人間の有限性に対する悟りを通して、限りなく自分を低くし、この世と平和に共存しようとする。おそらく、このような「空いていること」に注目する理由の一つは、人生を鳥瞰する年輪を通して、人生の深さと哲学を体得したことを語ってくれるものであろう。

3. 「体の衣」と「精神の家」

李鄉莪の詩で、比較的鮮明に詩人の思惟の一面を見せてくれる部分は、第二部の「親鷹」篇である。第二部の詩篇は、主に幼年時代の温かった思い出が交差したり、自分の家族と日常を囲む生活の問題が挙げられている詩篇が目立つ。そのような点から見る時、この詩篇たちは、比較的詩人の人生に対する態度が、具体的で直接的に描写されている。特に、「たった一つの丘」は、世界に対する詩人自身の意識を、もっとも象徴的に見せてくれる作品である。

家は私の巣窟　終身刑の牢獄
それはくびき
悲しみをもんで和らげるたった一つの丘である
暗闇であり恥部
陰であり泣き声
そうしてついに盲目の平和
飽き飽きするほど眺める愚かな立法だ
家はもっぱら癖と忘却
空いている殻

体にまとってだぶだぶの
垢のついた衣裳
柔順な獣のように囲まれてぐるぐる回っても
ここで安心して私を殺すだろうし
少しずつ少しずつ
目を覚ますのだろう

（「たった一つの丘」全文）

自分の存在が住む「家」に対する詩人の態度は、一貫して否定的だ。彼女にとって家は「巣窟」、「終身刑の牢獄」、「くびき」、「暗闇」、「恥部」、「陰」、「泣き声」、「盲目の平和」、「愚かな立法」、「癖と忘却」、「空いている殻」、「垢のついた衣裳」のように、自分の存在を抑圧し押さえつける、恥辱的なものらに喩えられる。これは、彼女が自分の人生をまともに維持しながら生きていける、最小限の空間である家を、自分自身を固く締めつける刑具のように、非常に嫌悪するものとして捕えていることを語ってくれる。このように、自分の家を、不穏で堕落した空間として設定することは、結局日常に安住する生活の安らかさが、一方では詩人の精神を怠惰にさせるということである。従って、「家」に対する否定的な表現は、自己警戒の声であるとも言える。

しかしながら、詩人はまた告白する。恥辱の空間である「家」が、自分が寄り頼らなければならない、生活の隠れ場であることを。すなわち、「家」は人生を屈辱的にさせる対象であると同時に、傷を包んでくれる慰めの空間でもある。「悲しみをもんで和らげるたった一つの丘」という表現は、人生の試練と傷を保護してくれる、内密な空間が「家」であるということにある。問題はこのように「家」に対する矛盾した認識の中でも、詩人が語ろうとする人生の本質的態度である。この詩の最後の句は「家」を新しく認識しようとする、詩人の意志が含縮されている。「ここで安心して私を殺すだろうし／少しずつ少しずつ／目を覚ますのだろう」という表現は、現実と妥協し陥没する自分を否定（殺す）することにより、覚醒する自我（目を覚ます）を探そうとする意志の発現である。それは、全面的な自己否定と反省を通して、現実に飼い慣らされないようにする態度であり、不断に新しい精神で現実に埋没されないようにしようとする、積極的意志である。

李鄕莪の「家」が、惰性に染まった生活から覚醒しようとする、詩人の精神を表象しているように、彼女にとって「飯」の問題もやはり、自分の怠惰で意気地のない精神を叱咤する、媒介物として登場する。従って、「家」と「飯」はみな生存のための道具であり、怠惰な生活を自覚させる反省の対象になる。

飯という言葉がもし
逃げられない行き詰まりの断崖のように見えるか
　もしれなくて
私が哀れだったり蒙昧だったり真っ暗に見えるか
　もしれなくて
かれこれ思い巡らしました
（中略）
生きて日ごとに飯だけなくす
食うには困っていないと
気取っている
知っていることはただ飯しかない
そんな世よりは
十回も百回も
飯になりましょう
（「飯になりましょう」部分）

お母さん　私はいま学んでおります
腹が減っても卑屈にならないように
腹がいっぱいになっても獣のごとく堕落しないよ
　うに
お母さん　私はいま修養しております
腹が減るのではないかと
自分でも知らないうちに腹がいっぱいになるかと
私はいま注意深く訓練しております

（「いま修養しております」部分）

飯とは人間にもっとも必要な生命の糧である。しかし、人間の生命を生かす飯が、人間の利己的目的と手段によって濫用される時、それは生命を生かす「血」ではなく、生命を殺す「毒」になるだろう。詩人は、このように変質した「飯（物質）」を通して、生命力を喪失した危うい現実を直視しようとする。そして、自分の内部に潜んでいる、飯の神聖さを払拭させる、あらゆる否定的要素と自分の生活を腐敗したもので満たす、人間の利己心に警鐘を鳴らす。それは、人間の糧が再び健康な生命を守る、生きる糧にならなければならないことを言うのである。すなわち、詩人は「飯」を通して、体の健康だけでなく霊魂の純潔さを、正しく守り抜く生命の重要性について強調する。

特に、「生きて日ごとに飯だけなくす／食うには困っていないと／気取っている／知っていることはただ飯しかない／そんな世よりは／十回も百回も／飯になりましょう」という誓いは、物質だけを追求する、人間の利己的欲望と排他的態度を叱咤する、逆説的表現である。これは「腹が減っても卑屈にならないように／腹がいっぱいになっても獣のごとく堕落しないように／お母さん　私はいま修養しております」という言葉のように、物質的価値だけで人間の人生を評価しようとする、堕落した資本主義の極端な生の様式を、告発することであり、このような生活から自分を救済しようとする、自己修練の一つの方式である。

このように、「家」と「飯」に対する詩人の関心が、並々ならぬ理由を追跡してみれば、これは、幼年時代の記憶と密接に関連する。「ほら　もう遊びは止めてご飯食べなきゃ／紫色の煙が夕焼けを押し出して／麓の村は傘のように縮こまった／泥まみれで遊んでいた子供たちは夕闇に浸って／香ばしい匂いの漂うオンドル部屋になじんだ」（「飯のある絵」）、「〝一緒に食べよう〟私の友だちのソオクが言った／麦餅二つをはにかむように差し出しながら／晩春の空は運動場の近くに降りてきて／私たちの肩をくるみ／分かち合いながら生きよう将来を約束した」（「胸騒ぎしながら待っていた日」）のような幼年の回想は、貧しいけど美しかった過去を思い起こすことによって、温かい家族愛と友情が生きている平和な空間を、彼女が相変わらず懐かしがっていることを語ってくれる。それは、伝統的な生活の価値が、自分よりは家族と隣人と共にする、共同体的理念に基づいていることを語ってくれる。これは、今日の個人主義と極端主義がもたらした、人生の葛藤と不和が取り除かれている、幸せで理想的な空間である。従って、詩人がこのように過去の美しい思い出を思い浮かべるのは、そのようなものらが、再び復元されないという、喪失感に起因するものである。しかし、詩人は相変わらず人生の美しい価値に対して夢見る。それは、ただ過去に対する反芻だけで描かれるのではなく、時には未来に対する展望を通して、提示されたりもする。

4.「超脱」と「救い」の詩

青春とは、人生の激情的欲望にとらわれた時期であると言える。人生に対する遠大な抱負は、時には物質的欲望として現れることもあり、あるいは名誉と権力を振り回す主体になって、自分の人生を華麗に飾りたい野心に燃えたりもする。しかし、人間は、流れる時間の前で無力であるしかないし、有限な存在としての人生のあっけなさに直面するようになる。すなわち、自分という存在が、一生懸命に追い求めてきたすべての人間的欲望というものは、実際「むだ事」に対する執着に過ぎないという認識が、芽生えるようになるのである。従って、人間は「時間」を思惟することによって、初めて自分の存在を深く省察できるようになる。李鄕莪詩人の「雪原に立って」は、死滅していくものたちが作り出す美しい光を通して、純正な心で守るべきまことの価値が何なのかを、確める詩である。

私たちも後には白くなるだろう
白くなってひやりと寒気がするだろう
火の手が花園のようにかっかと燃え上がっては
燻ぶった枯れ枝の青黒い煙まで
ついには白い灰として朽ちるように
私たちも後には白くなるだろう

（「雪原に立って」部分）

時間とは、すべてのものを消滅させる。出生と死亡、青春と老年、健康と闘病という生物学的現象は、あまりにも自明なことであるのにもかかわらず、私たちは時間の前で謙虚になれない。さんさんと燃え上がりそうであった青春の絶頂も、歳月の流れの中では、次第にその光輝を失い、衰え落ちる。詩人はこのような人生の黄昏を、「白い光輝」のイメージとして描写している。「雪の覆われた野原」と「白い灰」は、消滅する生命の最期の光であり輝きである。さて、その光輝はさんさんとするものではないが、純潔で高潔な光を発する。「灰」はすべてのものが燃え尽きて残る、事物の精髄と言える。それは、すべての「咎」を覆い、純化する無化の光である。従って、「私たちも後には白くなるだろう」という話者の表現は、死の前でも超然としようとする、謙虚な人生の姿勢である。このような人生に対する求道者的態度は、「葡萄酒を漬ける日」に至っては、絶頂の光を発する。

白い木綿の布巾を絞り水気を拭いて
壺の蓋を覆いました
すっかり忘れるようにしてください
陽の下で生きていた日の栄光と侮辱
いのちを捧げた数百日の愛
根と名を忘れるように
つぶされた額が洪水に流され
暗闇の中に埋もれて死ぬときまで
死より酷い寂しさに浸って
夢うつつに香りに彷徨うときまで

酔いだけ取り出し　捨てるようにしてください
あの世のようにすべて忘れた後
立往生した崖の果てで
行灯のように私は揺れましょう

（「葡萄酒を漬ける日」全文）

まるで一篇の信仰詩のようなこの詩は、宗教的想像力がうかがえる詩篇と言える。勿論、李郷莪詩人の多数の作品の中には、自分の信仰への意思を積極的に表明した詩もまた多い。しかし、この詩は、宗教への観念を直接的に表すこと以前に、一篇の完成的な美的状況を描いている。詩人は「葡萄酒」を漬ける過程と、その葡萄酒が熟していく過程を、具体的に描写しながら、「酒」と「人生」を釣り合いの取れた形で並置している。きれいで清い「白い木綿の布巾」で丹念に造った葡萄酒の壺を拭く話者の行為は、韓国の主婦たちのやさしい心をそのまま写してきたようである。彼女らが造った葡萄酒の壺は、つらい労働の疲れをすっかり洗い去ってくれる、治癒の葡萄酒であり、夫婦の情けを篤くかためてくれる、愛のお酒である。

しかし、詩人は、このような人間的願いだけが、葡萄酒を漬ける行為の真意ではないことを、明らかにしている。それは、より超越的存在への飛翔を夢見る望みを通して、詩的意味を高揚させる。すなわち、世俗の古びた垢を「忘れ」、「忘却」することによって、ついには、現在的自我の不完全性を克服しようとする、自己修養の過程が、葡萄酒を漬ける行為と一致することである。「すっかり忘れるようにしてください／陽の下で生きていた日の栄光と侮辱／いのちを捧げた数百日の愛」という句のように、詩人は、自分のすべての過ちを、すっかり忘却することを願う。この時の忘却とは、「超脱の境地」である。その「超えることの境地」に至るために、詩人は「潰された額」で、「暗闇の中に埋もれて死ぬときまで」、「死より酷い寂しさ」の苦しみを、喜んで持ちこたえるのである。このように、自分の咎と罪を完全に悔い改めようとする、「空《くう》なる精神」こそ、まことに人生の爛熟した香りとして、充満するものである。
李鄕莪の詩の感動は、危うい断崖の果てで揺れる、今日の危機的人生に、顔をそむけることなく、そのような苦痛の現場に、堂々と立ち向かおうとする、内的な力から出る。これは、彼女が生涯の間詩と人生を切り離さないようにしようとする、執念の詩人であるからこそ、可能なことである。その執念と愛が生んだ、温かい言語の息遣いを見つめることは、とても幸せなことである。

（李鄕莪詩集『花たちは身震いをする』跋文）

李《イ》鄕莪《ヒャンア》文学略年譜

大韓民国忠清南道舒川で生まれる。ソラボル芸術大学文芸創作科を首席で卒業した後、再び慶熙大学文理学部国語国文学科で学業を続け、慶熙大学大学院で文学修士と文学博士学位を取る。修士論文の題は「鳥を表題にした現代詩のイメージ研究」、博士論文は「韓国現代詩に表れた生の認識方法研究」である。

一九六六年「雪景」、「秋は」、「茶碗」などの詩で『現代文学』誌の三回推薦を完了して（未堂徐廷柱詩人の推薦）登壇する。

大学卒業後全州にある紀全女子高校の教師を始め、湖南大学人文科学学部国語国文学科教授として定年退職し、退職後のサイバー大学の招聘教授まで四十四年間余を教壇で過ごした。

文壇活動としては、韓国現代詩人会の副理事長、東北アジアキリスト者文学会議の韓国側会長を歴任し、テーマ詩同人「Deep Poem—深い詩」を創立（二〇一一年までテーマ詩年間集23集を刊行）して、現在まで同人として活動しており、現在、韓国文人協会諮問委員、国際ペンクラブ韓国本部顧問、韓国基督教文人協会顧問、韓国現代詩人協会会員と韓国詩人協会の会員、「文学の家・ソウル」理事、湖南大学名誉教授として活動している。

著書

詩集

『皇帝よ』（一九七〇　宣教会出版社）、『同行する風』（一九七五　韓国文学社）、『目を覚ます練習』（一九七八　詩文学社）、『水鳥に』（一九八三　文志社）、『殻の一間』（一九八六　五象出版社）、『葦の花と月光と』（一九八七　弘益出版社）、『川水の恋歌』（一九八九　ナナム出版社）、『どこで誰が木琴を打っているのか』（一九九三　五象出版社）、『幻想日記』（一九九四　詩文学社）、『紙灯のつけられた玄関』（一九九六　文学世界社）、『生きている日々の別れ』（一九

九八　村）、『あなたの笛としたまえ』（二〇〇〇　クリスチャン書籍）、『古くなった悲しみ一つ』（二〇〇一　詩と詩学社）、『華麗体で優雅に』（二〇〇三　詩と人社）、『花たちは身震いをする』（二〇〇三　現代詩）、『流れ』（二〇〇七　文学の木）、『トネリコあるいはチョウセンブナ』（二〇〇九　開かれた詩学社）、『和音』（二〇一一　詩と詩学社）、『母　大いなる山』（二〇一二　詩文学社）、『柔和に』（二〇一四　詩と詩学社）、『木は森になりたい』（二〇一六　抒情詩学）、『霧の中で』（二〇一七　詩文学社）、『星たちは川に行った』（二〇一九　詩と詩学社）、『キャンバスに建てる国』（二〇二〇　愛智）。

詩選集

『会いに行く歌』（一九八九　鐘路書籍）、『天に上れば星になりどの地に落ちても花になる話』（一九九一　ボソン）、『君という名の花言葉』（一九九九　五象出版社）、『陽炎のある家』（二〇一〇　十月）、『安否だけうかがいます』（二〇一三　人間と文学社）。

英訳詩集

『In A Seed』（ソン・ジュヒョン訳、2014 HOMA & SEKEY BOOKS）、『By The Riverside At Eventide』（韓英対訳詩集、李廷鎬訳、二〇二〇　創造文芸社）。

エッセイ集

『いまが永遠であるかのように』（一九七八　微笑出版社）、『暮れる街に灯りがつく時』（一九七九　文志社）、『長い河に花を浮かべ流しながら』（一九八一　白眉社）、『別れのために邂逅のために』（一九八五　麦蜜蘭）、『未だに待っている明かり一つ』（一九八七　隆盛出版社）、『愛のパンセ』（一九八七　隆盛出版社）、『風に出した恋文』（一九八八　東文選）、『孤独は私を自由にする』（一九九〇　自由文学社）、『表現は沈黙より美しい』（一九九二　青雅出版社）、『恋しい日には窓辺に立つ』（一九九四　青雅出版社）、『白い薔薇の朝』（一九九八　永学出版社）、『きみがいて美しい世』（二〇〇二　チョンミン）、『寂しさのために』（二〇〇二　随筆と批評社）、『いま出発しても遅くないはず』（二〇〇四　チョンミン）、『火種』（二〇一〇　随筆と批評社）、『紙船』（二〇一三　全北文学館）、『鳥たちが森に帰ってくる時間』（イジ出版社）。

エッセイ選集

『一人で愛すること』（一九八六　汎潮社）、『私たちが出会ったいまは』（一九八四　五象出版社）、『サツキツツジ』（良い随筆社）。

文学理論及び批評書

『文学の理論』（一九八四　永学出版社）、『現代詩と生の認識』（一九九二　詩文学社）、『詩の理論と実際』（一九九三　青雅出版社）、『創作の美しさ』（一九九七　学文社）、『韓国詩、韓国詩人』（一九九七　学文社）、『生の深さと表現の深さ』（二〇〇三　セミ）、『李郷莪の作品研究』（編著、二〇〇三　国学資料院）、『我らの時代　李郷莪の詩を読むこと』（二〇一九　随筆と批評社）。

受賞した文学賞

第二回慶熙文学賞（一九八五）、第一二回詩文学賞（一九八七）、第三九回全羅南道文化賞（一九九五）、第一〇回光州文学賞（一九九七）、第一四回尹東柱文学賞（一九九八）、第四一回韓国文学賞（二〇〇二）、第二回未堂詩脈賞（二〇一〇）、第一〇回創造文芸文学賞（二〇一二）、第四回陳乙洲文学賞（二〇一六）、第二七回中山文学賞（二〇一六）、第一〇回アジア基督教文学賞（二〇一七）、第五回辛夕汀文学賞（二〇一八）、第六回文徳守文学賞（二〇二〇）等。

訳者　権宅明（クォン・テクミョン）

詩人、日・韓翻訳文学家。一九五〇年慶尚北道慶州市安康邑生まれ。一九七四年月刊詩誌「心象」新人賞で登壇。詩集に、『チェロを聴きながら』『エルサレムの夕焼け』等五冊、韓・日、日・韓文学翻訳書に、『韓国現代詩三人集―具常・金南祚・金光林』（森田進監修・土曜美術社出版販売）、『日韓環境詩選集　地球は美しい』（佐川亜紀共編訳・土曜美術社出版販売）、李御寧詩集『無神論者の祈り』（佐川亜紀共訳・花神社）、『朴利道詩集』（森田進監修・土曜美術社出版販売）、高炯烈詩集『ガラス体を貫通する』（佐川亜紀監修・コールサック社）、『朴正大詩集　チェ・ゲバラ万歳』（佐川亜紀監修・土曜美術社出版販売）、白石かずこ散文集『ロバに乗って杜甫の村に行く』、本多寿詩集『ピエタ―Pieta』、清水茂詩集『砂の上の文字』、小熊秀雄詩集『長長秋夜』等十八冊がある。韓国詩人協会事務局長と交流委員長を経て、現在審議委員。現在、社会福祉法人韓国パール・バック財団常任理事。

監修者　佐川亜紀（さがわ・あき）

一九五四年東京都生まれ。横浜国立大学卒業。一九八四年詩誌「詩学」の新人推薦を受ける。一九九一年詩集『死者を再び孕む夢』（小熊秀雄賞、横浜詩人会賞）、二〇〇四年詩集『返信』（詩と創造賞）、二〇一二年詩集『押し花』（日本詩人クラブ賞）、二〇一七年詩集『さんざめく種』など。二〇〇〇年評論集『韓国現代詩小論集』。二〇〇五年共編著『在日コリアン詩選集』（地球賞）。共訳書『高銀詩選集　いま、君に詩が来たのか』、『日韓環境詩選集　地球は美しい』『李御寧詩集　無神論者の祈り』（以上二冊は権宅明氏との共訳）、『金達鎮詩集　慕わしい世界があるから』など。共著『韓国文学を旅する60章』。韓国語詩集『死者を再び孕む夢』（韓成禮訳）。二〇一四年韓国の第五回昌原ＫＣ国際詩文学賞受賞。日本現代詩人会現理事長。日本社会文学会理事。日本現代詩歌文学館評議委員。小熊秀雄賞選考委員。日本詩人クラブ会員。横浜詩人会会員。月刊詩誌「詩と思想」編集参与。

新・世界現代詩文庫 18
李鄕莪《イ・ヒャンア》詩集

発　行　二〇二一年十一月三十日　初版

著　者　李鄕莪
訳　者　権宅明
監修者　佐川亜紀
装　幀　長島弘幸
発行者　高木祐子
発行所　土曜美術社出版販売
〒162-0813　東京都新宿区東五軒町三―一〇
電　話　〇三―五二二九―〇七三〇
FAX　〇三―五二二九―〇七三二
振　替　〇〇一六〇―九―七五六九〇九
印刷・製本　モリモト印刷
ISBN978-4-8120-2660-1　C0198